Sir Steve Stevenson

Le trésor du roi

Agatha Mistery

SIR STEVE STEVENSON

Le trésor du roi

hachette
JEUNESSE

LES PERSONNAGES

Agatha

Pas de mystère, c'est bien une Mistery !
Agatha est une experte en énigmes et aime
résoudre les enquêtes les plus coriaces.
Sa mémoire prodigieuse est célèbre dans
sa famille... elle note toujours tout !
Et grâce à Larry, son cousin, elle
voyage dans le monde entier !

Larry

Élève à l'Eye, la célèbre école de détectives,
il a tendance à paniquer quand on lui confie
une mission... Heureusement, ce génie de
l'informatique ne se déplace jamais sans ses
gadgets ultramodernes. Avec Agatha, ils
forment une équipe imbattable !

Mister Kent

Toujours discret et disponible, cet ancien
boxeur n'a peur de personne ! C'est un
excellent garde du corps qui veille sur
les Mistery pendant leurs missions.

Watson

Curieux et malin, ce n'est pas un hasard
si Watson porte le nom du célèbre assistant
de Sherlock Holmes ! Son seul défaut :
il a une dent contre Larry...

Grand-père Godfrey

Ce vieil homme au regard malicieux
aime les costumes en tweed, fumer
la pipe, l'air pur et tranquille de
sa maison d'Écosse... et, comme tous
les Mistery, les énigmes !

LA DESTINATION

Les Highlands, en Écosse

Château de
Dunnottar

Édimbourg

L'OBJECTIF

Découvrir qui a volé la célèbre épée du roi
d'Écosse, Robert Bruce. Elle a mystérieusement
disparu du château de Dunnottar.

L'ENQUÊTE COMMENCE...

7 heures du matin. Larry ouvre grand les yeux. Apparemment, le bon air écossais lui fait le plus grand bien. Lui qui d'habitude, à Londres, se couche à des heures impossibles, il s'est endormi juste après le dîner, à 9 heures du soir, devant un bon feu de cheminée. Le silence qui l'entoure est presque irréel. Il regarde par la fenêtre le paysage couleur émeraude. Il est chez son grand-père, qui possède une maison de campagne près d'Édimbourg, en Écosse. C'est la

semaine de la Montgolfière, une tradition chez les Mistery. À midi, il doit partir avec sa cousine Agatha dans le ballon aérostat de Grand-père Godfrey, pour une balade au-dessus des Highlands écossais ! Mais il a quelques petites choses à régler d'abord…

— Quelle corvée les amis d'enfance ! soupire Larry en émergeant des couvertures.

Il se précipite à la salle de bains.

« Stop ! se dit-il. On n'est pas à Londres. Si j'arrive mal habillé au rendez-vous avec Aileen, peut-être qu'elle arrêtera de m'envoyer ces mails pleins de petits cœurs. »

Aileen Ferguson a quatorze ans, comme Larry. Elle fréquente l'une des écoles les plus prestigieuses d'Édimbourg. Mais là, elle est justement en vacances dans le petit village de Bowden, à deux pas de chez Grand-père Godfrey, et elle a insisté pour revoir son vieil ami Larry.

« Disons samedi matin, a consenti Larry. Pour le petit déjeuner. Après je dois partir. »

Dans l'armoire, Larry trouve un vieux chandail en laine de mouton, un pantalon en grosse toile, et des bottes en caoutchouc vertes. Il se regarde dans le miroir, satisfait : « Le comble du mauvais goût. Je parie qu'après ça, Aileen ne voudra plus jamais me voir ! »

Larry enfourche sa bicyclette, un sourire aux lèvres.

Le pub où Aileen lui a donné rendez-vous est presque désert. Larry observe la décoration élégante et se demande s'il n'est pas tombé dans un traquenard romantique. Il s'assoit avec un soupir. Soudain, la porte s'ouvre sur une jeune fille mince, qui se dirige droit vers lui. C'est Aileen… mais qu'est-ce qu'elle a changé ! Des cheveux châtains coupés court, des yeux verts, un visage d'ange, une petite robe bleue dernier cri : elle est si belle !

— Salut Larry ! dit Aileen avec un sourire parfait.

Larry, embarrassé, peut à peine répondre. Elle s'installe et étudie le menu.

— Je te trouve bien tu sais. On dirait un vieil Écossais, avec des vêtements pratiques et simples, sans chichi.

Larry croise son reflet dans une vitre du pub. Quelle honte ! Et quel idiot ! La fille ingrate qu'il connaissait est devenue une beauté à couper le souffle. Pour faire diversion, il lui montre le super téléphone mini ordinateur de son école de détectives. En général, tout le monde en reste baba.

— Ce petit truc en titane s'appelle un EyeNet, commence-t-il avec un sourire enjôleur. C'est un téléphone très spécial, toute dernière génération.

— Tu as déjà goûté l'haggis végétarien ? demande Aileen en le fixant de son regard ensorcelant.

Larry bredouille, désarçonné. Heureusement l'EyeNet se met justement à sonner avec un message de l'Eye International, son école : une

11

mission hyper urgente ! Il va devoir aller chercher Agatha. Elle est la seule à pouvoir l'aider. Larry jette un regard à Aileen. Comme il aurait aimé rester encore un peu avec elle ! Mais le devoir l'appelle. Il se lève et bredouille de vagues excuses. Par la fenêtre du pub, Aileen le regarde enfourcher sa bicyclette. Pour se consoler, elle commande une salade de fruits avec de la chantilly et du chocolat chaud, puis elle soupire :

— Ne jamais s'enticher d'un garçon aussi farfelu que Larry Mistery !

Ce matin, au réveil, Agatha tient encore dans ses bras le guide sur l'Écosse qu'elle lisait quand elle s'est endormie. La veille, elle a discuté tard avec Grand-père Godfrey. Godfrey est un sémillant vieil homme, vêtu d'un costume traditionnel en tweed vert. Dans sa jeunesse, il a fait fortune en fabriquant des montgolfières pour une entreprise d'Édimbourg. Ses prototypes se vendent dans le monde entier. Mais il n'aime rien tant que la tranquillité de sa maison de campagne de Bowden.

Ils ont passé la soirée à étudier l'itinéraire et la carte des Highlands, les fameuses plaines du nord de l'Écosse.

— Cette année, pas de châteaux en ruine, a dit Agatha.

— Vous préférez chasser le monstre du Loch Ness ? a demandé Grand-père Godfrey.

Agatha a levé les yeux au ciel.

— C'est ce que Larry avait proposé. Mais j'ai fini par le convaincre de visiter les dolmens et les mégalithes. Je voudrais étudier l'alphabet des runes pour mes histoires.

Elle court à la cuisine, où l'attendent un bon thé chaud et des pancakes tout juste sortis du four.

14

Pas de Larry. Elle trouve sur la table un mot expliquant qu'il est parti pour un rendez-vous au village.

Agatha n'en revient pas. Larry debout de si bon matin ? Reste à espérer qu'il sera de retour à temps pour le décollage.

Talonnée par son chat Watson, Agatha s'habille à la hâte et rejoint les autres sur la piste d'envol, un vaste pré derrière la maison. Grand-père Godfrey et Mister Kent ont étalé sur l'herbe le tissu en nylon qui forme le ballon de la montgolfière. Ils sont en train de préparer la nacelle, le panier qui sert à transporter les passagers.

Émerveillée, Agatha observe l'énorme montgolfière.

— Tu as vu comment je l'ai appelée ? demande Papy Godfrey, tout content.

Au centre de la toile, Agatha voit alors pour la première fois les grosses

lettres rouges qui forment les mots :
MISTERY BALLOON.

— Oh ! Grand-père ! C'est vraiment la montgolfière de la famille cette fois ! Elle est magnifique.

Soudain, ils voient une bicyclette dévaler la pente de la colline et plonger dans le petit bois. Agatha reconnaît Larry au moment où sa roue heurte une grosse racine. Larry pousse un cri de douleur, se relève tant bien que mal, et court vers eux en criant :

— Stop ! Arrêtez tout ! Ne gonflez pas ce ballon !

Mister Kent, avec son flegme légendaire, demande :

— Qu'est-ce qui a bien pu arriver à monsieur Larry ?

— Je pense que l'école lui a confié une nouvelle mission, soupire Agatha. Nous allons devoir remettre à plus tard notre voyage en ballon.

Chapitre 2

Le voyage du Mistery Balloon

Encore essoufflé, Larry annonce que le programme a changé : au lieu d'aller vers le nord, ils doivent partir pour la côte orientale de l'Écosse.

— Je crois qu'on ferait mieux d'y aller en limousine, suggère Larry en massant son genou meurtri. Notre destination est un château à quelques kilomètres d'Aberdeen.

— Quelle étrange coïncidence,

plaisante Agatha. Tu n'avais pas dit justement que tu en avais assez des vieux manoirs en ruine ?

Larry fait la grimace, et Agatha sourit.

— Assez plaisanté, dit-elle. Cette mission ?

Larry, en quelques clics, montre à Agatha le message de l'école sur l'EyeNet.

AGENT LM14, UN TRÉSOR
HISTORIQUE A DISPARU
À 8 H 35 AU CHÂTEAU
DE DUNNOTTAR, À ABERDEEN.
RENDEZ-VOUS SUR LES
LIEUX ET RÉSOLVEZ LE
MYSTÈRE DE TOUTE URGENCE,
SOUS PEINE DE SANCTIONS.
INFORMATIONS DÉTAILLÉES
DANS LE DOSSIER JOINT.

— Comme vous ressemblez à vos papas, commente Godfrey, ému. Toujours partants pour l'aventure ! Bien. Si le vent est favorable, la montgolfière nous amènera à Dunnottar en moins de temps qu'il n'en faut pour le dire.

Ses deux petits-enfants le regardent, ébahis.

— Quoi ? Vous êtes pressés, non ?

— Merci, Grand-père ! Larry, vite, dépêchons-nous d'aller télécharger les éléments du dossier.

Sans plus attendre, Grand-père Godfrey pose sa veste en tweed sur l'herbe et se remonte les manches.

— Mister Kent, au travail. Nous devons faire voler ce ballon !

Ils mettent en marche le brûleur à gaz propane et la toile commence à se remplir d'air chaud, comme un gâteau levant dans le four.

Pendant ce temps, Larry et Agatha filent dans le bureau de leur Grand-père, aux murs tapissés de portraits d'ancêtres.

Larry connecte l'EyeNet à l'ordinateur, ouvre les dossiers et branche l'imprimante.

— En attendant, écoutons le briefing de la mission, lance Agatha.

— Tu as raison, approuve Larry, qui semble s'éveiller d'un mauvais rêve.

Les examens de l'école ont tendance à le rendre nerveux.

D'habitude, c'est le professeur de Pratiques d'Investigation, un petit homme moustachu, qui présente la vidéo. Cette fois c'est une femme très maigre, avec un long cou d'autruche, de grands cils et une coiffure vaporeuse. Larry déglutit. C'est l'agent MD38, la directrice de l'école !

« Bonjour, Détective. Comme vous l'avez compris, c'est une urgence. Il s'agit d'un vol, qui a eu lieu au château de Dunnottar à l'occasion de l'inauguration d'une exposition. L'objet du délit ? La célèbre épée du roi d'Écosse. Vous savez ce que c'est, Agent LM14 ? »

Agatha hoche la tête en prenant des notes sur son petit cahier.

« Le cas est très étrange. Tous les invités de l'inauguration se sont soudainement endormis en même temps, et quand ils se sont réveillés, l'épée avait disparu. Vous trouverez la liste des participants dans le dossier. L'Eye International a été prévenue avant même l'intervention de la police et des journalistes. Personne n'a quitté la scène du crime. Agent LM14, vous devez découvrir le coupable et retrouver l'épée avant ce soir. Il en va de la réputation de l'agence. Bonne chance ! »

— Ils sont marrants, tes profs, commente Agatha.

Mais Larry est blanc comme un linge.

— Ce cas est trop difficile. Je n'aurais jamais dû allumer mon EyeNet ce matin… Je n'y arriverai pas.

— Pas de panique, Larry. On va la résoudre, cette énigme. Nous sommes là pour t'aider. Mister Kent, Grand-père et moi !

La montgolfière est prête. Dans la nacelle, Larry et Agatha s'installent sur les minuscules sièges prévus pour les passagers. Grand-père Godfrey augmente au maximum la flamme du brûleur et la montgolfière s'élève dans les airs. Sous leurs pieds, le paysage devient lentement de plus en plus petit…

Lorsqu'ils arrivent au-dessus du fjord d'Édimbourg, Larry et Agatha passent le dossier à Mister Kent, qui l'étudie avec attention.

— Quelle est cette épée du roi d'Écosse ? demande Grand-père Godfrey. Ça ne me dit rien du tout.

Agatha tambourine avec le bout du doigt sur la pointe de son nez.

— Si ma mémoire est bonne, c'était la Claymore de Robert Bruce, celui qui a libéré l'Écosse de la domination anglaise au Moyen Âge.

— C'est quoi une Claymore ? demande Larry.

Mister Kent sort du dossier la photo d'une épée à lame fine, avec une anse en forme de croix.

— C'est l'arme traditionnelle des clans écossais, comme dans le film *Braveheart*, précise le majordome.

— Selon les spécialistes, explique Agatha, elle représente la première union des clans écossais sous un même drapeau. Qu'y a-t-il d'autre dans le dossier ?

Mister Kent énumère les principaux éléments : l'histoire du château, les plans, accompagnés de plusieurs images satellite, une brève biographie des membres du comité organisateur et des invités, et la retranscription du coup de téléphone entre le directeur du château et l'Eye International.

— Bien. Nous devons étudier ce dossier dans les moindres détails, annonce Agatha en caressant le chat Watson, roulé en boule sur ses genoux.

Le paysage défile sous leurs pieds, et au loin on aperçoit déjà la ville de Dundee.

La montgolfière longe la côte de la mer du Nord, aux falaises battues par des vagues écumantes et aux plages blanches où se reposent des colonies de phoques. De temps en temps, Grand-père Godfrey surveille l'altimètre et change de cap pour exploiter les vents favorables. Comme promis, le voyage est rapide et ils ne sont plus qu'à une demi-heure de leur destination.

Les quatre passagers du Mistery Balloon connaissent maintenant le dossier à fond. Il ne reste qu'à organiser l'enquête.

— Récapitulons, commence Agatha. Peu après 8 h 15, tous ceux qui assistaient à l'inauguration sont tombés dans un profond sommeil, comme s'ils avaient respiré du chloroforme. Tous, sauf Miss Stone, la secrétaire de l'antiquaire qui a organisé l'exposition. Elle était ressortie prendre son sac oublié dans sa voiture. À son retour, vingt minutes plus tard, l'épée du roi d'Écosse avait disparu et il y avait trente personnes par terre, toutes endormies.

— À ce moment-là, continue Larry, tous les invités se sont réveillés, et ont raconté avoir assisté à d'étranges phénomènes : coups de feu, bruits inquiétants et apparitions de fantômes. Pour éviter les ennuis, le directeur a préféré s'adresser à l'Eye International avant d'appeler la police.

— Et pour faciliter l'enquête, conclut Mister Kent en ajustant sa cravate, il a interdit à qui que ce soit de quitter la forteresse. Mais cette interdiction prendra fin au coucher du soleil, naturellement.

— Naturellement… répète Larry, inquiet. Et si d'ici là nous n'avons pas résolu l'enquête, je pourrai dire adieu à ma carrière de détective.

Alors que la montgolfière traverse une brume épaisse, Grand-père Godfrey a une idée.

— Et si l'épée se trouvait encore dans le château ? Le voleur peut l'avoir cachée dans un creux de la falaise, dans une pièce secrète ou une grotte naturelle !

— C'est une hypothèse… murmure Larry. On devrait se focaliser d'abord sur l'épée. Nous chercherons le coupable quand nous l'aurons retrouvée…

— Excellente idée ! s'exclame Agatha, radieuse. J'ai un plan. On va juste devoir monter une sorte de pièce de théâtre… où chacun aura son rôle à jouer.

Larry est un peu inquiet. Qu'est-ce que sa cousine est encore en train d'inventer ?

— Grand-père jouera le rôle du détective professionnel, Mister Kent sera le dangereux garde du corps, et nous, mon cher Larry, nous ferons semblant d'être des apprentis un peu maladroits et empotés.

— Pourquoi empotés ? proteste Larry.

— Je crois que tu ne t'es pas

regardé… répond Agatha. Tu ressembles à un pêcheur de truite !

Grand-père Godfrey éclate de rire, et Larry rougit. Mister Kent n'oublie pas le plus important :

— Pourquoi devons-nous jouer ces rôles, Miss Agatha ?

— Pour faire diversion. Pendant que Grand-père mènera les interrogatoires, avec Larry nous pourrons fouiller le château sans attirer l'attention. Toi, tu devras surveiller les invités qui risquent de vouloir rentrer chez eux. Je suis sûre que tu sauras les convaincre de rester, ajoute-t-elle avec un clin d'œil.

Soudain, on entend des voix provenant du sol. Le spectacle est à couper le souffle. La forteresse, composée d'un donjon, de la résidence principale et de ruines, se dresse sur un rocher plongeant dans la mer.

33

Elle est entourée d'une muraille qui ne laisse qu'une seule entrée possible, à laquelle on accède par une petite route en lacet. Les voitures des invités de l'exposition s'alignent au bord du chemin.

— Midi pile ! lance Godfrey en sortant sa montre gousset de la poche de son gilet.

Une vingtaine de personnes, en habits de gala, est rassemblée sur la pelouse.

Agatha remarque également une voiture de police garée à l'extérieur des murs du château.

— Tiens tiens, murmure-t-elle. Ce n'était pas dans le dossier.

— Je suppose que les deux policiers ne sont pas encore au courant, précise Mister Kent.

— Et on ne va rien leur dire ! ajoute Agatha.

Grand-père Godfrey négocie un atterrissage précis au millimètre près, sous les applaudissements des invités. Puis un petit homme chauve demande à tout le monde de rentrer au château. Il s'avance pour accueillir les détectives. C'est le directeur.

— Bienvenu, agent LM14.

Agatha donne un coup de coude dans les côtes de son grand-père, occupé à fermer le robinet de gaz. Il ne doit pas oublier qu'il a un rôle à jouer.

— Euh, bonjour... Vous devez être Mister Mc Kenzie.

— En effet, répond le petit homme chauve en bombant le torse. Si vous le permettez, je vais faire les présentations.

Il y a là le professeur Brown, qui a organisé l'exposition, ainsi que les deux principaux investisseurs : le comte Duncan et un richissime magnat du pétrole, un homme très corpulent nommé Mc Clure.

— Bien. Maintenant que tout le monde se connaît, je vais vous conduire à l'intérieur, où vous pourrez commencer l'enquête, annonce le directeur.

Les murs de la salle d'armes sont tapissés d'armes et d'armures. Il y a aussi quelques mannequins vêtus de kilts écossais. Les invités ont l'air mécontent, probablement épuisés par des heures d'attente. Ils viennent tous de la haute société : lords et ladys, artistes d'avant-garde, sportifs de haut niveau, hommes d'affaires et politiciens… Il y a aussi une petite fille, un photographe et un joueur de cornemuse. La secrétaire, Miss Stone, est assise à l'écart, l'air triste.

Le petit groupe se dirige vers une vitrine.

— Voilà où se trouvait l'épée du roi d'Écosse, explique le professeur Brown. Le voleur n'a même pas eu besoin de casser la vitrine. J'avais conseillé de placer une cellule photo-électrique, mais personne ne m'a écouté, naturellement.

—Viens, chuchote Agatha à Larry. Sortons de là et laissons Grand-père se débrouiller.

Chapitre 4

Petite promenade dans les ruines

— Ton stratagème fonctionne à merveille, s'exclame Larry dès qu'ils sont dehors. Personne ne va nous déranger pendant un bon moment.

Mais Agatha est déjà au travail, elle observe les alentours de son regard aiguisé de détective.

— Commençons par ces ruines, et gardons la tour pour plus tard.

Ils visitent les décombres d'une petite église adossée à la paroi, composés de pierres dispersées parmi les buissons de bruyère.

— L'herbe a été piétinée, remarque Agatha. Mais pas récemment. Si ma mémoire est bonne, ces derniers jours le château était ouvert au public. Sauf la salle d'armes, naturellement.

— Nous trouverons donc sans doute de nombreuses fausses pistes.

Larry se baisse pour ramasser un petit objet qu'il tend à Agatha :

— Comme ce drôle de petit tube, par exemple ?

Agatha se frotte le bout du nez en observant l'objet, qu'elle prend soin d'envelopper dans un mouchoir.

— Mon cher Larry, tu viens de découvrir le premier indice vraiment intéressant.

— Ah bon ? dit Larry sans comprendre.

Agatha souffle dans le petit tuyau, libérant un son aigu comme celui d'une flûte.

— Je devrais me fier plus souvent à ma mémoire. Ce tube sert à jouer de la cornemuse, j'en suis certaine !

— Tu crois que c'est le musicien qui l'a perdu ? demande Larry.

— Nous verrons ça plus tard, répond Agatha en glissant l'indice dans un sachet en plastique.

Elle en a toujours sur elle en cas de besoin. Ils se remettent en route, Larry ragaillardi par sa découverte. Ils longent le mur qui mène vers le puits lorsqu'ils remarquent que Watson, qui gambade de-ci de-là, joue avec une petite balle blanche.

— Décidément, quand il n'est pas en train de dormir, ce chat fait n'importe quoi.

Agatha lui lance un regard noir, et

elle se met à genoux pour caresser Watson. La balle avec laquelle il joue est une balle de golf.

— Tu peux contrôler la liste des invités, s'il te plaît ? Je parie qu'il y a un golfeur parmi eux.

— Tu as raison ! lance Larry, en laissant son doigt glisser sur la feuille. Un certain Gray, champion international.

Agatha range la balle dans un autre sachet, en faisant attention à ne pas y laisser ses empreintes.

— Deux indices en quelques minutes : la situation est plus compliquée que prévu ! Trop de pistes, ça risque de nous embrouiller les idées.

— Et cette plume de paon ?

Larry l'a attrapée alors qu'elle volait vers lui.

— Je crois que dans la salle, il y avait une dame avec un drôle de chapeau à plumes.

— Oui… approuve Agatha, en glissant la plume dans un troisième sac. Je me demande bien comment elle est arrivée jusqu'ici.

Pensive, elle se dirige à grands pas vers le puits. C'est un large bassin octogonal, de cinq mètres de profondeur environ, plein d'eau vaseuse.

— Ce serait l'endroit idéal pour cacher l'épée…

— Pouah ! Quelle odeur ! Tu n'as quand même pas l'intention d'aller voir là au fond ?

— J'y pensais, justement, plaisante Agatha. Blague à part, il faudrait vider ce puits pour vérifier. Il me semble avoir aperçu quelque chose de brillant.

Agatha se bouche le nez et se penche

au-dessus du puits pour l'observer sous tous les angles. Mais elle ne retrouve plus le reflet. Sans doute s'agissait-il d'un rayon de soleil.

— Viens, la presse Larry. Il faut visiter la tour. Il est déjà 14 heures. Grand-père aura bientôt terminé les interrogatoires.

Située au sommet d'un promontoire, la tour domine la falaise.

Pendant la guerre, elle a été détruite au niveau du deuxième étage, mais elle reste massive et inquiétante. Les deux cousins Mistery y pénètrent en silence.

— Nous sommes au cœur du château de Dunnottar, murmure Agatha. La forteresse a été érigée au Ve siècle par les Pictes, puis elle a été envahie par les Vikings. Ensuite, elle a été occupée par différents clans écossais et par les Anglais.

Larry frissonne.

— Tu n'aurais pas une lampe de poche ? Il fait nuit noire là-dedans.

Agatha allume sa lampe torche, juste à temps pour éviter à Larry de marcher dans un trou. Par terre, il y a un piolet, certainement celui qui a servi à le creuser.

— Regarde, Larry. Le voleur a sans doute ménagé ce trou pour faire disparaître l'épée.

Larry se penche sur la cavité et sent un souffle d'air froid. Il sort les plans du château, qui révèlent en effet un passage sous le sol.

— Il est creusé dans la falaise, et il descend jusqu'à la plage ! dit Agatha.

— Et notre voleur le savait ! Mais le trou est trop petit pour laisser passer un être humain…

— À moins qu'il n'ait fait glisser le butin à un complice.

À ce moment-là, Watson surgit de nulle part et se faufile directement dans le trou.

— Non, Watson ! crie Agatha.

— Ce chat est fou ! braille Larry.

Agatha attrape le piolet.

— Nous devons le sortir de là.

— Mais tu disais qu'il ne fallait toucher à rien !

— Je me suis trompée !

À grands coups de piolet, Agatha agrandit le trou, et explore la cavité avec une torche. Elle s'y glisse et fait signe à Larry de la suivre. Ils évoluent dans le souterrain en appelant Watson, dont les miaulements leur parviennent faiblement. Au bout d'une demi-heure, ils atteignent enfin la plage, et sortent à l'air libre, éblouis par la lumière du jour. Watson est tranquillement en train de jouer avec un crabe.

— Méchant chat ! crie Agatha en le serrant dans ses bras. Tu m'as fichu une de ces trouilles !

Sur la plage, aucune trace d'une embarcation. Si le voleur s'est sauvé par la mer, les vagues ont effacé les empreintes…

Un peu découragés, les deux cousins Mistery attaquent la remontée vers le château.

Quand Agatha et Larry arrivent au château, il est un peu plus de 15 heures. Mister Kent, droit comme un garde de Buckingham Palace, surveille la porte devant le bureau du directeur. Grand-père Godfrey a l'air perdu dans ses pensées.

— Ils sont tous fous ! commence-t-il d'une voix tremblante. J'ai interrogé plus de trente personnes, et aucune n'a la même version. Tous se contredisent et s'accusent les uns les autres.

Visiblement secoué, Godfrey Mistery a perdu sa belle contenance.

— Prenons les choses dans l'ordre. Tu as noté les dépositions ? demande Agatha.

— Bien sûr, répond Godfrey en lui montrant le cahier. Une page chacun : ce qu'ils ont vu, entendu et leur opinion sur ce qui s'est passé.

— Et il y a des éléments communs. Les dépositions doivent bien concorder sur certains points.

— Non ! Rien de rien ! Tout cela est un tissu de sornettes !

Agatha prend son grand-père dans ses bras pour l'apaiser.

— On va regarder tout ça ensemble et écarter les dépositions les moins fiables. Par qui tu nous conseilles de commencer, Grand-père ?

— Celui-là, tiens, il dit qu'il a entendu un coup de feu. Mais Mister Kent a vérifié. Aucune trace d'arme à feu.

— D'ailleurs, ajoute Larry, ça n'a pas de sens. Ils dormaient tous comme des loirs. Le voleur n'avait pas besoin d'utiliser la violence.

— Et puis cette publicitaire, elle a les nerfs fragiles, celle-là, je vous le dis. Elle a vu un fantôme qui marchait la tête en bas. Et le peintre a entendu un loup hululer. Je vous le demande : quel sens ça a ?

— Et si tout cela était vrai ? murmure Agatha en se mordillant la lèvre.

— Tu ne vas pas croire à ces balivernes ! proteste Larry.

— Je me demande seulement quelle substance a pu provoquer de telles hallucinations.

— Oui… Bien sûr… confirme Grand-père Godfrey en retrouvant un peu d'assurance. Tu as raison.

— Il faut nous concentrer sur le produit utilisé pour les endormir. Quelqu'un a une idée ? questionne Agatha.

— Ce n'était pas dans la nourriture, puisque les invités n'avaient encore rien bu et rien mangé quand ils se sont endormis… réfléchit Larry.

— C'est donc une substance gazeuse… ajoute Agatha.

— Si ma mémoire est bonne, quand elle est revenue, Miss Stone a

trouvé les fenêtres grandes ouvertes.
N'est-ce pas, Grand-père ?

— Oui. Si les invités ont respiré
un gaz, quand la secrétaire est revenue, il était totalement dispersé.

— Alors c'est elle ! s'exclame
Larry. Elle a diffusé l'anesthésiant
et trouvé l'excuse du sac pour s'éloigner. Elle est revenue avec un mouchoir sur le nez pour voler l'épée,
puis elle a ouvert les fenêtres et
réveillé tout le monde. Affaire réso-
lue ! ajoute-t-il, très content de lui,
en mettant ses pieds sur la table.

Agatha n'est pas très convaincue.

— Possible, mais nous devons
encore le prouver.

— Vous voulez l'interroger ?
demande Grand-père Godfrey.

— Pas encore ! intervient Agatha.
Pour capturer sa proie, il faut déjà
tendre le piège…

Elle récapitule : si la secrétaire est coupable, elle a forcément agi avec un complice, qui se sera sans doute enfui par la mer. Elle leur expose son plan, puis elle ouvre la porte et demande à Mister Kent de rassembler le comité d'organisation. Grand-père Godfrey fait mine d'avoir la situation en main.

— Je vous ai fait venir pour que vous m'expliquiez quelques petites choses.

Le directeur, Mister Mc Kenzie, s'alarme immédiatement.

— Nous ne sommes pas suspectés du vol, j'espère ?

— Non, vous n'êtes pas sur la liste des suspects. Mais j'aimerais que vous me disiez tout ce que vous savez sur Miss Stone.

Tous les regards se tournent vers le jeune professeur Brown, qui bafouille :

— Miss Stone ? Vraiment ? Il n'y a
pas grand-chose à dire. Elle est très
bien. Un peu étourdie, sans doute.
Elle a tendance à oublier des choses
fondamentales. Je crois que je vais la
licencier demain.

Agatha, qui jusque-là avait trouvé
le jeune homme plutôt sympathique,
est soudain très agacée par son com-
portement.

— Qu'y avait-il de si important dans le sac laissé dans la voiture ? demande-t-elle de but en blanc.

Le professeur Brown remet en place sa coiffure de dandy avant de répondre :

— Les papiers officiels du musée d'Édimbourg. Sans ces permis, nous ne pouvions pas exposer l'épée du roi d'Écosse ici, au château de Dun-nottar. À moins de payer un énorme dédommagement.

Le mot « dédommagement » a mis les membres du comité d'organisation dans tous leurs états. Mister Kent a bien du mal à faire revenir le calme.

Agatha murmure quelque chose à l'oreille de son grand-père.

— À présent je vais vous demander de sortir. Nous allons vérifier les preuves qui pèsent sur Miss Stone. Nous serons bientôt en mesure de vous donner la solution de l'énigme.

Il est déjà 16 h 30. Agatha retourne s'asseoir à sa place dans le coin de la pièce, à côté de Larry qui jubile.

— Des fois tu es vraiment têtue, Agatha. Tu n'abandonnes jamais, même quand c'est évident.

— Évident ? À mon avis la secrétaire est innocente.

Miss Stone frappe alors à la porte.

C'est une belle jeune femme d'une vingtaine d'années, avec un tailleur froissé et un maquillage qui la fait paraître un peu plus âgée. Elle se laisse tomber sur le siège en face de Godfrey. Les mains sur les genoux, la tête penchée, elle demande :

— Comment puis-je vous aider, détective ?

Grand-père Godfrey ajuste son nœud papillon. C'est le signal : Agatha peut commencer. Elle prend un siège et vient s'installer tout près de la secrétaire, en essayant de croiser son regard.

— Comment s'appelle votre complice, Miss Stone ? demande-t-elle à brûle-pourpoint.

— Mon complice ? s'écrie la jeune fille, paniquée. Quel complice ?

Même Larry secoue la tête, incrédule. Grand-père Godfrey tend le cahier des dépositions à sa petite-fille.

— Nous avons ici la retranscription de votre déclaration, ajoute Agatha d'un ton plus doux. Vous êtes la seule personne qui ne se trouvait pas dans la salle d'armes, et ça fait de vous la principale suspecte. Vous comprenez, n'est-ce pas ?

Miss Stone acquiesce d'un signe de tête. Agatha a la certitude qu'elle est innocente, mais elle doit obtenir le plus d'informations possibles.

— Détaillez-moi tout ce qui s'est passé depuis votre arrivée à Dunnottar.

La secrétaire fait un effort pour raconter : elle est arrivée à 7 h 15 et elle a retrouvé le professeur Brown dans le bureau du directeur. Le comité d'organisation réglait les derniers détails pour l'inauguration prévue à 8 heures. Le professeur l'a priée de lui faire un café dans la minuscule cuisine à l'arrière de la résidence, ce qui a pris un peu de temps. Quand elle est revenue, le professeur était très agité. Il lui a fait remarquer la voiture de police garée devant le château et il lui a demandé d'aller en vitesse chercher les permis pour l'exposition.

— Le professeur était très nerveux et les invités commençaient à arriver. Mais je ne trouvais plus mon sac ! Quand je l'ai dit à Mr Brown, il est entré dans une colère !

— Qu'avez-vous fait ? demande Grand-père Godfrey.

— J'ai cherché partout ! Mister Mc Kenzie et les autres ont annoncé que l'inauguration était repoussée à 8 h 15. Puis le professeur m'a envoyée regarder dans ma voiture. Je suis ressortie au moment où les invités arrivaient.

— Quelqu'un vous a vue ?

— Je ne crois pas. Excepté les policiers garés à l'extérieur du château. Ils sont venus pendant que je fouillais dans la voiture, et ils m'ont demandé quelle était mon équipe de foot préférée.

— Mais pourquoi ils vous ont posé une question aussi stupide ? s'étonne Larry.

Agatha et Papy Godfrey lui lancent un regard noir.

— Tu dis toujours des choses intelligentes quand tu cherches à engager la conversation avec une fille ? se moque Agatha.

Larry rougit, et Papy Godfrey reprend le fil de la conversation.

— Mais le sac n'était pas dans la voiture, n'est-ce pas ?

— J'ai regardé partout... soupire la jeune fille. En retournant au château, je pensais que le professeur serait furieux, mais il était étendu par terre avec tous les autres.

Agatha vérifie la déposition.

— Il était 8 h 35. Vous êtes donc restée dehors vingt minutes. À votre retour, vous avez vu que l'épée avait été volée, et vous avez réveillé le directeur, Mister Mc Kenzie. Le reste, nous le connaissons.

La jeune fille semble sur le point de pleurer, mais elle ajoute :

— Vous devez me croire. Ce matin, quand je suis arrivée au château, j'avais mon sac avec moi. Je l'ai sans doute laissé tomber, mais où ?

— Ou alors quelqu'un l'a pris… murmure Agatha. Vous pouvez me décrire votre sac, Miss Stone ?

— C'est un sac rigide, en cuir marron clair, avec les poignées en cuivre.

Une fois que la secrétaire a pris congé, Agatha fait un clin d'œil à son grand-père.

— Une jeune fille peut tout oublier, mais pas son sac à main.

Le soleil est en train de disparaître derrière les murs du château de Dunnottar, et dans la cour, les ombres s'allongent, sinistres. Il ne reste qu'une heure pour résoudre l'énigme.

— Qu'est-ce qu'on fait maintenant ? interroge Larry, à court d'idées. On pourrait chercher le complice en demandant des photos satellite aux techniciens de l'agence ?

— Il n'y a pas de complice, Larry, répond Agatha en pénétrant dans la remise du jardinier.

— Quoi ? Mais alors le trou dans le sol de la tour, la plage… Comment ils ont fait pour voler l'épée du roi d'Écosse ?

— Je ne sais pas encore, admet Agatha en cherchant parmi les outils. Mais je sens que nous allons bientôt le découvrir.

Elle finit par trouver un râteau de jardinier. Avec l'aide de Larry, elle en prolonge le manche avec un long tube en fer, puis les deux cousins se dirigent vers le puits.

— Je suis sûre que cette vase puante cache quelque chose ! dit Agatha en raclant le fond avec son râteau.

Dans la boue et les déchets, ils finissent par entrevoir une poignée en cuivre.

— Voilà ce que j'avais vu briller ! s'écrie Agatha. Le sac de Miss Stone !

Larry parvient à remonter l'objet du premier coup. Le sac est noir de boue, mais l'intérieur, protégé par le cuir rigide, est intact.

Laissant le long râteau sur place, ils filent retrouver Grand-père Godfrey et Mister Kent.

— Le coupable est sans doute un membre du comité d'organisation, affirme le majordome avec son flegme légendaire. Le sac a été jeté dans le puits quand le château était encore fermé au public.

— Sans l'ombre d'un doute ! le félicite Agatha. Et je peux même vous dire pourquoi notre homme a cherché à faire disparaître les documents...

Ses compagnons sont suspendus à ses lèvres.

— Il fallait éloigner Miss Stone, pour qu'elle puisse témoigner qu'ils étaient tous endormis, explique Agatha. Mais nous, nous savons que le coupable était bien éveillé, et qu'il a eu vingt minutes pour faire le coup.

— Attendez ! interrompt Larry. Tout ça va trop vite. Et les indices, vous en faites quoi ? Le petit tube de la cornemuse ? La balle de golf ?

— De fausses pistes, répond Agatha. Le voleur a semé les indices pour brouiller la scène de crime. Il voulait nous diriger vers de mauvais suspects.

— Nous devrions relire les dépositions, à la lueur de ces nouvelles découvertes, propose Grand-père Godfrey.

— Excellente idée.

Ils reprennent donc les feuilles en les commentant.

— Vous vous souvenez de la publicitaire ? Elle croyait avoir vu un fantôme avec la tête en bas, ricane Larry. C'était sans doute l'ombre du voleur qui prenait l'épée dans la vitrine.

— Et les hululements de loup. C'était certainement le vent qui soufflait par la fenêtre, ajoute Agatha.

Soudain, elle s'arrête sur le feuillet qu'elle est en train de lire.

— Le photographe ! s'exclame Agatha. Grand-père, il t'a dit quoi, précisément ?

— Il était désespéré, parce que son appareil numérique était fichu. Il lui était tombé des mains pendant qu'il dormait.

— Je ne pense pas que l'appareil soit tombé, murmure Agatha. C'est le voleur qui l'a lancé sur le sol. Il devait contenir des éléments compromettants.

— Je vais essayer de le réparer ! s'exclame Larry.

Il file et Agatha jette un œil à l'horloge murale. 17 h 15. Combien de temps avant le coucher du soleil ? Elle ose à peine regarder par la fenêtre, de peur de voir le ciel prendre les couleurs rouges du couchant. Heureusement, Larry fait une entrée fracassante.

— Je peux récupérer les images ! lance-t-il en brandissant l'appareil photo. Il me suffit de le connecter à l'EyeNet.

— La seule façon de démasquer le coupable, c'est de découvrir la substance qui a endormi tout le monde...

Mais comment faire ? réfléchit Agatha.

— La fenêtre ouverte, c'était peut-être aussi une fausse piste !

— Nous voilà revenus au point de départ ! gémit Grand-père Godfrey.

— Pas si sûr... Je viens d'ouvrir l'une des fameuses petites cases de ma mémoire... Je repense à un article paru dans la revue *Science.* On y parlait d'une poudre dérivée du chloroforme... Elle agissait au contact de la peau, mais surtout, elle provoquait des hallucinations ! Et son effet ne durait pas longtemps !

— Combien ?

— À peu près... Quinze, vingt minutes.

Godfrey est enthousiaste.

— C'est ça, c'est ça ! J'en suis sûr !

— Oui... mais il reste un point à éclaircir. Où était placée la poudre ? Quelque chose que tout le monde a touché, sauf la secrétaire…

Sa question demeure en suspens, car Larry déboule à ce moment-là, tendant l'EyeNet devant lui.

— J'ai les photos ! s'exclame-t-il, radieux. On doit les regarder immédiatement !

Agatha et Papy Godfrey restent silencieux.

— J'ai raté quelque chose ? demande Larry, surpris.

À la tombée du soir, les invités du
château de Dunnottar sont de nou-
veau tous réunis dans la salle d'armes,
comme des spectateurs au théâtre.
Sur scène : quatre Anglais et un chat,
arrivés en montgolfière. Derrière
eux, un écran pour projeter des dia-
positives. Les membres du comité
d'organisation sont encore plus nerveux que les autres.

— Le spectacle peut commencer ! lance Grand-père Godfrey. Je cède la parole à mon assistante, la brillante Agatha.

Au début, Agatha est un peu intimidée, mais au fur et à mesure de son exposé, elle retrouve sa belle assurance. Elle illustre son récit avec des images prises dans le dossier de l'école, le cahier des dépositions et les photos de l'appareil. C'est Larry qui assure la projection, grâce à son appareil multifonctions. Agatha décrit les hallucinations, elle a une explication pour tout : par exemple le coup de feu. Sur l'une des photos, on voit la fillette avec son ballon sous une grosse armure. Lorsqu'elle a lâché le ballon, il est allé exploser sur la pointe de l'épée. Le public applaudit la démonstration d'Agatha. Mais elle sait que le plus dur reste à faire :

— Bien. Il existe une substance, qui lorsqu'elle entre en contact avec la peau, provoque un assoupissement immédiat. Cette poudre était placée sur quelque chose que vous avez tous touché.

Des murmures s'élèvent dans la salle. Agatha attend que le calme soit revenu pour continuer.

— Selon la chronologie des évène-
ments, les seules personnes qui peu-
vent avoir manipulé la substance
sont assises là, au premier rang. Ce
sont les organisateurs, qui avaient
tous intérêt à s'emparer de l'épée du
roi d'Écosse.

Mc Clure, Brown et Mc Kenzie
protestent en chœur. Le comte
Duncan ne cesse de répéter que tout
ceci est une insulte à son rang. Agatha demande gentiment à l'assemblée de garder le silence : elle va
bientôt révéler le nom du coupable.

— Après une enquête minutieuse,
nous avons découvert qu'il n'y a
qu'un seul objet que tout le monde
a touché : c'est le programme de
l'inauguration, distribué à l'entrée
du château à 8 h 15 ce matin.

Les invités s'indignent.

— Mais on dormait nous aussi !

se défend le directeur Mc Kenzie, dans la confusion générale. N'écoutez pas ce que raconte cette fillette ! C'est un tissu de mensonges !

Agatha fait un large sourire et termine sa démonstration :

— Trois d'entre vous se sont endormis, mais quelqu'un est resté éveillé et il a volé l'épée !

Sur l'écran apparaît alors une photo révélatrice : le professeur Brown souriant, en train de distribuer les programmes. Il porte une paire de gants blancs.

Le jeune antiquaire se lève d'un bond et s'élance vers la sortie, mais les deux policiers lui barrent la route et lui passent les menottes.

Agatha et Larry n'en reviennent pas : ils ont démasqué le coupable ! À présent il ne reste plus qu'à retrouver l'épée du roi d'Écosse.

— Sales fouineurs ! hurle le professeur Brown. Mon plan était parfait et vous avez tout gâché !

— Cher professeur, répond Agatha. Il y avait trop d'indices. C'est ce qui vous a trahi. Ça et le sac de la secrétaire jeté au fond du puits. Vous lui avez demandé de faire du café, puis vous avez pris son sac, et vous l'avez envoyée le chercher juste avant le début de l'inauguration pour qu'elle vous retrouve endormi avec tous les autres.

Les agents vident les poches du prisonnier. Il y a un portefeuille en peau de serpent, quelques pièces et un trousseau de clefs.

— Vous pouvez chercher ! Vous ne trouverez jamais où j'ai caché l'épée ! Mon acheteur secret est déjà en train de l'admirer dans sa collection privée.

Larry jette un coup d'œil inquiet

à sa cousine. S'ils ne retrouvent pas l'épée, la mission est ratée ! Agatha s'approche du jeune antiquaire.

— Vous portez un très bel anneau, professeur Brown, dit-elle en observant les mains du jeune homme, emprisonnées dans les menottes. Mais il est un peu tape-à-l'œil, comparé à vos élégants vêtements sur mesure !

Larry ne comprend plus rien. Que fait exactement sa cousine ? Soudain, il saisit.

— Je peux vérifier cet anneau, messieurs ? demande-t-il aux policiers.

Le professeur tente de se dégager mais les policiers l'en empêchent. Larry observe attentivement la bague. Il découvre qu'il peut l'ouvrir, et qu'elle cache un minuscule dispositif électronique.

— Agatha, c'est un récepteur GPS. À ton avis, à quoi ça sert ?

Agatha réfléchit quelques instants. Elle reconstruit mentalement la scène du vol.

— J'ai trouvé ! s'exclame-t-elle soudain. C'est tellement simple !

L'assemblée est suspendue à ses lèvres.

— À quoi peut bien servir un récepteur GPS si l'épée est cachée ici au château ? Et si un complice l'a emmenée, ça ne sert à rien non plus. Voilà comment ça s'est passé. Le professeur a pris l'épée, puis il l'a accrochée à une bouée munie d'un émetteur. Ensuite il a tout jeté à la mer, même ses gants !

— Quoi ! s'écrie Larry. Il a jeté l'épée du roi par-dessus la falaise !

— Ne t'inquiète pas, mon cher Larry. Il suffit de connecter le récepteur à l'EyeNet, et nous saurons immédiatement où elle se trouve.

Le hurlement que pousse alors le professeur prouve qu'Agatha vient de résoudre brillamment le mystère.

MISSION ACCOMPLIE

Le lendemain matin, Mister Mc Kenzie vient personnellement remercier Agatha et ses compagnons pour leur excellent travail. Grand-père Godfrey propose alors à ses petits-enfants de poursuivre le voyage vers les Orcades, un archipel au nord de l'Écosse. C'est là que l'épée a été entraînée par de forts courants marins. Larry et Agatha sont enthousiastes.

Le voyage en montgolfière, dans des paysages enchanteurs, se passe à merveille.

Tard dans l'après-midi, le Mistery Balloon se pose à Stenness, sur l'île principale des Orcades. Au même moment, la police est en train de récupérer l'épée du roi d'Écosse sur la plage.

La précieuse Claymore est enveloppée dans une bouée orange. De nombreux curieux accourent sur place, mais la police ne laisse personne approcher.

— C'est pas juste ! se lamente Larry. C'est nous qui l'avons retrouvée. On pourrait au moins la voir !

— Il faudra attendre la prochaine exposition, Larry, je suis désolée ! répond Agatha.

— Miaou ! approuve Watson.

Ils éclatent de rire, mais ils sont soudain interrompus par la sonnerie de l'EyeNet.

— Tu ne réponds pas ? demande Agatha.

— Euh. C'est peut-être Aileen. Qu'est-ce que je vais lui dire ? Je ne suis pas très doué pour ces histoires de cœur.

— Tu affrontes de dangereux criminels et tu as peur d'une jeune fille ? commente Grand-père Godfrey en se caressant la barbe.

Mais un message s'affiche sur l'écran de l'appareil :

**BRAVO AGENT LM14 !
VOUS AVEZ RÉUSSI VOTRE EXAMEN,
ET VOUS AVEZ AMPLEMENT MÉRITÉ
UNE SEMAINE DE VACANCES
SUPPLÉMENTAIRES. SAUF EN CAS
DE MISSION IMPRÉVUE.**

Le cœur léger, la petite troupe se met en marche le long de la plage, suivie par un Watson sautillant.

— On a de la chance ! dit Agatha. Ici à Stenness, il y a des pierres levées très anciennes. Regardez celle-là.

Elle fait au moins 5 mètres de haut !

Elle s'arrête pour étudier la pierre.

Larry la rejoint.

— Agatha, tu dois m'aider. Vraiment, je ne sais pas quoi faire.

— Elle est de quel genre cette Aileen ?

— Oh elle est belle ! lance Larry en rougissant jusqu'à la racine des cheveux.

Larry lui raconte brièvement leur dernière rencontre. Agatha l'écoute attentivement.

— Elle semble romantique et rêveuse… Selon moi tu devrais lui faire la cour à l'ancienne.

— C'est-à-dire ? demande Larry, confus.

— Eh bien oublie la technologie, le téléphone et les mails. Tu devrais commencer par lui envoyer une belle carte postale, depuis les îles Orcades !

Une heure plus tard, Larry revient avec une carte achetée au village.

— Installe-toi sur ces rochers, contemple le paysage et laisse-toi inspirer ! lui conseille Agatha.

Larry lui obéit.

— Aileen, je vais conquérir ton cœur... murmure-t-il, béat, en glissant la carte dans la boîte.

Il a juste oublié de mettre un timbre.

Agatha Mistery

**De nouveaux mystères à élucider ?
Pas de panique, Agatha et Larry
s'en chargent !**

Les as-tu tous lus ?

**Le secret
de la déesse**

**La malédiction
du pharaon**

Pour retrouver tes héros préférés, file sur :
www.bibliotheque-rose.com

Grand-père Godf

TABLE

Imprimé en Espagne par CAYFOSA
Dépôt légal : août 2012
Achevé d'imprimer : août 2012
20.3068.2/01 ISBN : 978-2-01-203068-8
Loi n° 49956 du 16 juillet 1949
sur les publications destinées à la jeunesse